꿈을 꾸어야 별이다

어린이 시집

꿈을 꾸어야 별이다

서의겸 시집

달아실

일러두기

1. 본문에서 하단의 〉는 '단락 공백 기호'로 다음 쪽에서 한 연이 새로 시작한다는 표시이다.
2. 보조 용언과 합성 명사의 띄어쓰기 등 본문의 맞춤법은 시인의 의도에 따른 것임.

시인의 말

시는 나의 마음 가장 깊은 곳에 있는 것들을 꺼내 그린 나의 자화상입니다.

초등학교 졸업을 앞두고, 지난 6년 동안 쓴 시들을 돌아보며 시에게도
나이가 있다는 생각이 들었습니다.

제가 시를 쓰기 시작할 무렵 제가 태어나기 전부터 나를 위해
기도해 주시고 사랑을 주셨던 상할머니가 돌아가셨습니다.
어린 저에게 상할머니의 죽음은 너무나 큰 슬픔이고 두려움이었습니다.
힘들고 슬픈 시간들이 가족들의 따뜻한 사랑과 인정,
친구들과의 즐거운 시간들을 통해 위로받고 치료받고
누군가를 위로할 수 있는 힘이 생겼던 것 같습니다.

제 시도 누군가에게 따뜻한 위로를 건넬 수 있었으면 좋겠습니다.

2022년 3월
서의겸

차례

꿈을 꾸어야 별이다

3부. 열 살

4부. 열한 살

시인의 산문

1부

여덟 살

첫눈

아름다운 첫눈이 우리를 포근히 감싸네.

엄마의 품처럼 아름다운 눈이 우리의 마음을 감싸네.

우리의 마음이 좋으면 따뜻한 겨울이 되고
우리네 마음이 추우면 시린 겨울이 되네.

우리의 마음이 따뜻하고 포근한 어머니의 생각으로 덮여 있으면
우리는 행복하고 모든 것을 가진 것과 같다네.

사막 끝까지 눈이 내려도
어머니와 함께 있으면 겨울은 꿈이 된다네.

아름다운 송편

속이 아름다워야
예쁜 딸 예쁜 아들을 낳는다네.

겉보기엔 아름다워도
속을 보지 못하면
진실한 마음을 보지 않으면
세상은 쓸모없다네.

나도 우리도 모두
속마음이 착해야
진짜 살아 있는 거라네.

할머니

할머니는 우리를 보물이라고 말씀하신다.

우리를 행복하게 해주시는 할머니가 고맙다.

할머니께 감사하는 마음을 크게 표현하고 싶지만 그럴 수 없어
서 슬프다.

할머니가 있어서 외로움을 떨칠 수 있었다.

나를 행복하게 해주시는 할머니가 너무 보고 싶다.

할아버지

할아버지는 제 마음과 같습니다.

저를 위로해주시고 늘 좋은 말씀을 해주십니다.

할아버지의 좋을 말씀 한 마디 한 마디가 모여 좋은 내가 됩니다.

나는 할아버지를 존경합니다.

눈

눈이 내릴 땐 아름다운 눈꽃이 생기고
여러 마을에 기쁨이 찾아오는 소리가 들려요.

눈이
모여서 모여서
눈길이 되고

어린이들에게 꿈을 만들어주는 마음이 돼요.

아픔

이 세상이 아프면 내가 아프고

내가 아프면 어머니가 아프다네.

2부
아홉 살

바다

하늘이 출렁출렁
바다가 출렁출렁
하늘이 바다 걸음처럼 이상하다.

내가 처음 걸을 때 본 바다에는 이상한 것들만 가득했는데
한 번 더 가보니 다이아몬드처럼 아름다운 것들이 자라 있네.

바다가 어떻게 자랐을까?
사람은 어떻게 자라는 것일까?
마치 한 구석 한 구석에 내가 있는 것 같다.

바다를 쳐다보면서
나를 기억하면서
이상한 기분이 들었다.
어떻게 그 안에 내가 있을까?

이 세상이 어찌되든 나와 무슨 상관인가?
〉

모든 게 다 변하지 않고, 모든 것이 그대로여도
내 한 순간 한 순간은 다르다네.

꿈꾸는 별

별이 말할 땐 태양이다.

태양은 위에 있고 별은 아래 있는 것처럼
모든 생명체에는 정해진 자리가 있고 이름이 있다.

해는 아침에, 별은 밤에, 달은 별과 함께,
이런 현상을 보이는 것은 자연이다.

자연에 있는 모든 것은 태양이다.

그 별은 꿈이 있고 희망이 있어
그런 생각을 할 수 있었다.

가족

가족이란 나의 행복
그 행복에 사랑이 스치면
내 마음 속 어딘가가 울리는 것 같다.

그 울림이 말하네,
그 사랑은 가족이라고.

그 말을 들으면 들을수록
가족의 사랑은 커져만 가네.

나의 꿈

나의 꿈은
나의 씨앗이다.

그 씨앗이 내 나무가 되고
내 뿌리를 내리게 한다.

엄마 사랑은 나의 햇빛
아빠 칭찬은 나의 양분
동생 윤이의 웃음은 나의 시원한 물

엄마의 사랑 속에
아빠의 칭찬 속에
윤이의 웃음 속에
오늘도 내 나무는 자라고 있다.

송편

작은 송편을 보라.

찹쌀은 쫄깃하고 질긴 사랑
안에 있는 꿀은 달콤한 기쁨.

송편 하나에는 사랑과 기쁨이 가득하네.

어느새 잊혀질 그 맛
영원히 내 입속에 간직하고 싶네.

헤어짐

안에 있을 땐
그 안에서 나름으로 살아간다.

밖으로 나가는 순간은 헤어짐

나는 그곳을 떠나
헤어지려 하네.

또 다른 만남을 기약하며.

벳부의 밤

아침에는 없던 작은 별들
아래에 생기는 작은 별들
아래에서 켜지는 작은 불들이
벳부의 별.

하늘에서는 작은 별들 반짝거리네.

벳부의 밤은 잠잠해지고
아침이 되니
그 많던 별 어디로 갔을까.

바다지옥

빛깔만 바다지옥?
아니지! 펄펄 끓는 저 열기
만졌다간 큰일이지.

그 열기가 익혀낸 온천 달걀
그 달걀에는 고소한 맛이
그 달걀에는 작은 추억이
그 달걀에는 작은 온천이.

비

비는 하늘에서 내리지만
카페에도 내리고
쇠에도
우리 머리에도 내린다.

비의 소리는 우리 마음을 울게 한다.
비의 소리는 우리 마음을 기쁘게 한다.
그 소리는 어디에나 전달된다.

기쁨 바이러스가 퍼지면 우리 모두가 기쁠 수 있다.

산천어 축제

산천어를 잡으면 뿌듯한 기분이 든다.
어려운 것을 해냈다는.

산천어가 헤엄치는 것도
우리가 살아 있는 것도
모두가 희망이다.

녹슨 쇠

녹슨 쇠는 아무도 찾지 않는다.
사람도 마찬가지이다.

카페 A

카페 A에는 옛날의 추억이 담겨 있다.
난 이 카페를 좋아한다.
맛있고 기쁨이 담겨 있기 때문이다.
한 순간 한 순간이 우리에게 추억이 될 수 있다.

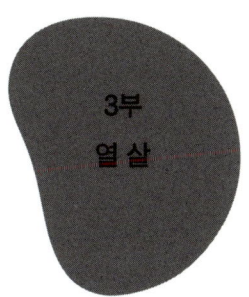

3부

열 살

대마도의 밤과 아침

아침에는 눈부셨던 바다가
밤에는 침묵 속으로 숨었다.

아침 창문 속 풍경은
오늘 하루의 설레는 긴장감을 선물하고
밤은 나에게 침묵으로 말한다.

"오늘은 그만 쉬어."

지젤

죽음 속에 있는 사랑이니
아픔 속에 있는 사랑이니
모든 곳에 있는 사랑이
무엇보다 강하리.

우리 마음 속 작은 사랑이
아무리 아름다운 풍경이라도
아무리 기쁜 풍경이라도
그곳에 잠든 마음은
세상의 마음이 아닐세.

하루하루 떠도는 그곳에 잠자는 슬픔이
마음 속 기쁨의 선율이
아름다운 소리를 내며 잠드네.

키타로*

아빠의 약속으로 눈물겨운 슬픔과
아빠를 기다리며 잠든 하나의 눈이
아이의 몸과 하나가 되어
땅보다 깊고 하늘보다 높은 곳에 있으리.

나 그날까지
마음 하나되는 그날까지
그 신비로운 곳에 잠들어 있으리.

* 일본 요괴만화 『게게게의 키타로』의 주인공. 유령족인 눈알 아버지와 이와코의 아들이다. 미즈키
가 묻어둔 이와코의 시신에서 무덤을 뚫고 나와 태어났다. 부모는 이미 세상을 떠났으며 눈알 아
버지는 아들의 울음소리를 들은 아버지의 혼이 자신의 눈알에 들어가 되살아난 것이다.

나뭇잎이 내리는 가을

겨울에 눈이 내리듯
가을엔 나뭇잎이 떨어진다.

"안녕" 하고 인사하듯
나뭇잎이 살랑살랑 내려온다.

촐랑촐랑

말랑말랑 촐랑촐랑 무엇일까?

아! 슬라임이었네!

퀴즈 같은 일기가 끝난 줄 알았는데 아니었네.

"야 니 손 더러워!" 라고 더러운 슬라임이 말하네.

꽃

꽃은 아름답지 않아도
속이 하야면 꽃이고

꿈을 꾸어야 별이다.

꽃이 꿈을 꾼다면
마음이 퍼져
또 하나의 별이 된다네.

4부

열한 살

뒷모습

하늘에는 쓸쓸함과 어둠이 몰려오고
맑았던 강물은 검은 독을 삼킨 듯 먹빛으로 변해가고
무성하던 풀들은 서서히 잠들어간다.

미소로 친절을 베풀던 사람은
산길을 걷다 넘어져
도토리를 줍던 다람쥐를 걷어찬다.

가느다란 소리로 노래하던 귀뚜라미는
작은 아이의 발밑에 깔렸다.
맛있던 참외도 검게 변해간다.

독도의 하루

촛불 사이로 해가 비치면
부신 눈으로 여린 솜털 날개를 펴는
새끼 괭이 갈매기의 울음소리가 독도를 깨운다.

살을 뚫는 바람을 이겨야
심장을 공격하는 파도를 이겨야
부러질 듯한 아픔을 이기고
이 날개를 펴야

나를 지킬 수 있다.
나의 독도를 지킬 수 있다.

오늘도 작지만 힘찬 날갯짓으로 시작되는
독도의 하루.

만화책

한 번 보면 빠져나올 수 없다.
여기까지만 여기까지만 하다가도
어느 새 다음 권을 찾고 있다.

아편에 빠졌던 청나라 사람들이
이런 모습이었을까?

재우려는 엄마와
반항하는 아들의
아편 아니 만화책 전쟁.

할아버지께

나의 빛은 부모님이요
나의 물은 조부모님
나의 꿈은 가족이니
내가 태어나 있는 이유
내가 자는 이유
움직이는 이유
숨 쉬는 이유
꿈을 꾸는 이유
내가 시를 쓰고 있는 이유는
내가 미래의 빛과 물이 되기 때문이다.

나의 빛

내가 사랑한다고 말하는 이유는
내게 빛이 있어서요
내가 감정을 느끼는 것은
내게 물이 있어서요
내가 꿈을 꾸는 이유는
가족이 존재해서요
시를 쓰고,
시인을 위해 달리는
그 이유는 바로
내가 아빠와 할아버지가 되기 때문이다.

송편

송편을 잘 빚어야
예쁜 아이를 낳는다던데

동생 얼굴 한 번 보고
엄마에게 묻는다.
"엄마는 송편을 잘 빚었어?"
엄마가 말하길 "아니!"

……

아! 그럼 아빠가 잘 빚겠구나!

엄마

엄마는 태양이다.
나는 별이다.

엄마는 태양으로서 나에게 말한다.
나는 사랑이 있어, 기다림이 있어, 빛을 줄 수 있는 별이 있어
행복한 태양이라고.

난 별로서 엄마에게 말한다.
나는 꿈이 있어, 추억이 있어, 마음을 비춰주는 태양이 있어
반짝이는 별이라고.

눈

눈은 보석처럼 반짝거린다.
그것보다 반짝이는 건 어린이의 눈빛.

눈을 뭉치면 커진다
그것보다 큰 건 어린이의 생각.

눈은 아름다운 결정이 있다.
그것보다 아름다운 건 어린이들의 꿈의 씨앗.

비가 내릴 때

톡톡톡 머리 위로 떨어지는 물방울
똑똑똑 점점 굵어져 가고
지금 할 수 있는 건 달리는 것.

파란 하늘을 뒤덮은 검은 구름에서
뚝뚝뚝 떨어지는 빗방울을 맞으며.

5부

열두 살

검은색

예쁜 색 고운 색 다 모아놓은 곳
무지개엔 검은색은 없지.
나만 쏙 빼고 다 있지.
나만 빼고 흥!
나만 빼고 흥!

빨, 주, 노, 초, 파, 남, 보, 거기에
나도 좀 붙여줘 봐.

빨, 주, 노, 초, 파, 남, 보, 검
이상할 것 없잖아?
이상한가?

그리고 저기 봐
빨간색 구두와 주황색 햇빛, 노란색 단풍……
여기에도 없고
초록색 들판, 파란색 하늘, 보라색 가지……
검정은 또 없어.
〉

없어.
없어.
한참을 시무룩하다

어라?
밤하늘은 검정이네?
검정이었어!

철조망

친구들은 몰라요.
왜 철조망이 있는지.

어른들은 다가가지 말래요.
내가 다친대요.

하지만 그건 착각이에요.

난 알아요.
우린 하나였다는 걸.

그러니 이 철조망도, 모든 편견들도

빨리 사라지기를.

6부

열세 살

임진강가에서

임진강 강가에 먹구름이 몰려온다.

가장 아픈 시간에 멈춰버린 철마의 녹슨 상처를
더욱더 파고드는 눈물이 흐른다.

그리워하다 그리워하다 가슴속 사무친 메아리를 담아
바람에 강물에 흘려보낸다.

임진강을 잘게 수놓은 그리움의 눈물이
먼저 가 기다리겠노라 위로의 노래를 부른다.

시소

아이의 장난일까?
시간의 작품일까?

이유는 몰라도
시소에게
상처가 있네.

넌 아이들의
무게를 알아.

하지만 마음의 무게는
잴 수 없나봐.

무거운 놈은
땅으로 떨어뜨리고
가벼운 놈은
하늘로 올려주네.

… 쳇.

생각

생각은 모든 것의 원동력이다.
그렇기에 생각 없이는 살 수 없다.

생각은 경험이다.
지금 느끼고 행동하는 모든 것이 생각이다.

우린 인생을 살며
생각을 쌓는다.

우리는 언제나
생각한다.

생각하는 나는
살아 있는 것이다.

어린 나무

난 어린 나무다.

어서 열매가 열리길 바라는 나무.

아직은 뿌리가 짧아서 흔들려도
도망치지 않는 나무.

아직 다 크지 않아서 미래가 더 밝은 나.

설렘

작은 설렘은 사랑의 시작
가장 작을 때가 가장 기쁠 때

아직 잘 몰라서 더 설렐 때

작은 설렘은 사랑이고
축복이니
작은 설렘이 불가능이란 단어를 없앤다.

어린이

어려서 안 된다.
키가 작아 안 된다.

어린이라 다 작은 건 아닌데
마음까지 어린 건 아닌데
모르는 사람은 그저 작대.

작은 한 종의 생물이라 말하지만
그 마음 안은 저 멀리 아프리카 코끼리보다 더 거대한 걸 알아
야지.

서의겸

의로울 義
겸손할 謙

나는 의롭고 겸손하게 자라려는 씨앗이다.

나는 그 씨앗에 물을 주는 농부이다.

나는 그가 사는 큰 농장이다.

봄

봄이 산. 들. 바람과 함께 나에게 찾아왔다.

지가 산들산들 불어왔으면서
부끄러운지 분홍빛으로 물들어 도망친다.

나무 위에 숨어서 내가 가기를 기다린다.

씨앗

무엇이 될지 모르기에
더 겸손한 것이고

작기 때문에
더 클 수 있는 것이며

모르는 것이 많기에
더 채울 수 있는 것이다.

아직 씨앗이기에
아직 꽃피지 않았기에
아직 모르기에
더없이 소중한 것이다.

그놈의 얼음판

조심조심, 살금살금 얼음판 위를 걷는다.
계속 조심해서 걷다보니
지루해진다.
별거 아니네.

조금씩 빠르게
씽씽 선수처럼
하나, 둘, 셋, 쿵!

아야야. 결국 넘어져서 엉덩이를 세게 박았다.
나 혼자이길 바랐는데 날 보며 웃는 눈빛들.

1년 동안 난 엉덩이 스케이트로 불렸다.

순환

세상에 그 어떤 과실도 처음 먹었을 때의
그 달콤함을 다시 느끼게 할 순 없다.

모든 과실들은 점점 잊혀지면서 천천히 썩어간다.
그 어떤 과실도 자신이 썩기에 슬퍼하지 않는다.

과실은 썩어야 더 달콤한 과실이 생길 씨앗이 나타난다는 것을
그 누구보다 잘 알기 때문이다.

그 무엇보다 어려운 선택을 당연하게 하는 것이
과실의 사명이고 운명이다.

아버지

세상에서 가장 크고 굳건한 거목

더울 땐 쉴 만한 물가가 되어주고
추울 땐 포근한 이불이 되어준

그 삶에 무게감을 버티고
굳건히 서서 웃고 있는 거목이다.

꿈을 날리다

추운 겨울 하늘 아래
나란히 모여 연을 날리네.

저 높은 하늘 위로 훨훨 날아가는 연 위에
우리들의 꿈을 실었네.

아슬아슬 연과 나를 이어주던
가느다란 실이 툭 끊어지고
한 마리 새가 되어 훨훨 날아가네.

시인의 산문

쏘가리상의 유래

이건 우리 할아버지의 할아버지의 할아버지의 할아버지가 할아버지의 할아버지의 할아버지의 할머니한테 들은 이야기야.

지금의 춘천 공지천에는 아주 신기한 물고기가 한 마리 살고 있었대.

해가 저물 저물 지고 아이들이 잠들고 싶어 칭얼칭얼 거릴 때쯤이면 저 멀리 소양강 쪽에서 노랫소리가 들려왔는데, 그 노래를 들으면 신기하게도 아이들이 금세 새근새근 잠이 들었대.

편하게 아이들을 재운 어른들은 다음날 일하러 나갈 준비도 하고 다 못 한 이야기들도 편히 나누며 하루를 마무리했는데 그 노래를 바로 그 신기한 물고기가 불렀던 거야.

아이들도 어른들도 그 신기한 물고기를 좋아했고 가끔은 물고기의 노래가 듣고 싶어 빨리 하루가 갔으면~ 하기도 했대.

그런데 말이야. 어느 날, 호숫가에서 놀던 철없는 아이들이 장난으로 던진 돌이 하필이면 그 신기하고 고마운 물고기 입에 맞았지 뭐야?

그날부터 마을의 평화로운 저녁은 다 사라지고 아이들이 떼쓰는 소리 밤새 울어대는 소리로 아이고 어른이고 잠을 설쳤지.

모두들 물고기의 노랫소리가 너무 그리웠단다.

그러고 보니 사람들은 그 물고기의 이름도 모르고 있었다는 걸 깨달았어.

사람들은 그 물고기 이름을 '사라질 소(消)' '노래 가(歌)'라고 해서 '소가리'로 부르기로 했고, 잠 못 드는 아이들에게 소가리의 노래가 얼마나 아름다웠는지 이야기해주었단다.

밤이면 밤마다 집집마다 소가리 노래 대신 소가리 이야기가 울려 퍼졌지.

아이가 할머니 할아버지가 되면 그 손주에게, 그 손주가 할머니 할아버지가 되면 또 그 손주에게 소가리 이야기를 들려주었단다.

"소가리가⋯." "소가리가⋯." "소가리가⋯." ⋯⋯ "쏘가리가⋯."

"쏘가리가⋯."

언제부터였는지 모르지만 아마 이빨이 빠져 발음하기 힘드셨던 할아버지의 할아버지의 할머니부터였나?

신기한 물고기 이름은 '쏘가리'가 되어서 노래 대신 이야기로 아이들을 재웠지.

어린 시절 편안한 잠을 재워준 쏘가리 이야기가 고마웠던 사람들이 멋지게 쏘가리 동상도 세웠단다.

나도 쏘가리상을 보면 나를 업고 쏘가리 이야기를 들려주시던 할머니가 생각나.

소가리의 노랫소리는 우리 할머니 이야기만큼 포근했을까?

※ 이야기에 나오는 소가리(消歌리)의 한자어는 필자의 창작이며 쏘가리는 한자어로 궐어(鱖魚) 금린어(錦鱗魚), 수돈(水豚), 어궐(魚鱖) 등으로 불린다고 합니다.

세상에 돌이 어떻게 생겼을까?

아직 돌이 없던 세상. 지구의 중심에는 거인 바알이 살고 있었어.

지구의 둘레는 커다랗고 단단한 물체로 둘러싸여 있었고 그 위에 땅이 있었어.

사람들은 땅 위에서 바알은 그 물체 안 어둠 속에서 살고 있었지.

어느 날 단단한 물체에 생긴 작은 구멍으로 들어온 생쥐가 바알에게 어둠 밖에는 빛이 있고 하늘이 있다고 이야기해주었지.

처음에는 하늘을 보고 싶은 마음이 없었지만, 햇빛 아래서 곤히 낮잠 자는 게 정말 달콤하다는 생쥐의 이야기에 바알은 점점 어둠 밖 세상이 궁금해졌어.

그래서 바알은 매일매일 꾸준히 그 물체를 부수기 시작했어.

한편 지상에서는 물체가 땅 위로 모습을 드러냈어.

그런데 바알이 워낙 힘이 좋다보니 세게 친 날은 그 물체의 조각들이 세상 여기저기에 흩어졌단다.

그게 바로 우리가 아는 돌이야. 바알은 여기 저기 구멍으로 들어오는 햇빛 속에서 낮잠도 자고 심심하면 또 구멍을 만들며 살고 있단다.

그럴 때마다 지상이 흔들리는데 그게 바로 지진이래.

어린 시인에게 보내는 편지

이운진(시인)

2월의 함박눈이 예쁘게 오는 날이었어. 예보에 없던 눈이 폭신하게 내리는 풍경을 바라보고 있다가 갓 인쇄한 원고의 첫 장을 넘겼어. 그날의 함박눈처럼 갑작스럽게, 멀리에서 내게로 온 시집 원고의 첫 시는 「첫눈」이었지. 바깥 풍경 한 장과 시 한 줄을 번갈아 보는 동안, 눈 속에서 눈 내리는 시를 읽는 느낌은 아늑하고 조촐한 행복감마저 들었단다. 그런데 시를 쓴 시인의 나이가 고작 여덟 살이었다니. 그렇게 파릇한 새싹 같은 시절부터 쓴 시들을 모아 어느새 시집을 묶으려고 한다니. 이 두 가지 사실만이 시집 원고와 시인에 대해 내가 아는 전부였지만, 그것만으로도 충분히 놀라운 일이었어.

어린 아이의 마음이 아니면 볼 수 없는, 잡티 하나 없는 순수함으로 웃음을 짓게 하는 시들 사이에는 간간이 희미한 슬픔의 기미가 보여서 성장하는 어린 시인의 모습을 상상하기도 했어. 어쨌거나 뭔가를 골똘히 바라보기에도 쉽지 않은 나이인데, 하물며 제 속을 홀로 대면했구나 싶어 안쓰러움과 기특한 맘이 한꺼번에 들었다는 게 맞는 표현 같아. 나는 따뜻한 차 한 잔을 만들어놓고 의자를 당겨 앉아 그렇게 어린 시인을 만났지. 시집 원고를 넘기면서 열세 살에 이미 시인이 아니면 아무것도 되지 않겠다고 했던 헤르만 헤세의 말을 떠올리는 건 당연한 일이었어. 꼭 그 나이여서가 아니라 시인을 열망하는 마음이 다르지 않은 것 같았으니까.

원고를 넘기는 사이사이, 내가 어린 날에 썼던 시들은 어떤 모습이었을까, 하고 잠깐씩 회상하는 즐거움도 있었음을 고백할게. 나는 방학숙제나 백일장 대회가 아니면 혼자 시를 써서 모아놓은 일은 별로 없었지만, 그래도 그때 어떤 마음들을 시로 옮겼을까 궁금해지더라고. 어린 시인의 시 덕분에 나의 아득한 시절까지 더듬어보면서 아직 내가 발견하지 못한 기억들이 있다면 몇 개 찾아내고 싶었어. 그러면 내가 조금 더 부자가 된 기분일 듯했거든. 먼 훗날에 다시 뒤돌아볼 때, 사진으로 남겨진 추억과 시가 된 추억은 분명 다른 느낌으로 다가올 거야. 그런 의미에서도 어린 시인의 이 시집은 소중하고 귀중한 추억의 보물창고라고 할 수 있을 테지.
가족들 이야기, 여행 이야기, 마음 속 꿈과 오래 지워지지 않는 상처들을 하나씩 꺼내며 감사하고 즐거운 마음이었을 거고, 때로는 숨어 있던 마음이 불쑥 튀어나와 놀라기도 했을 거야. 그런 순간들을 놓치지 않고 들여다본 시들 중에서 내가 제일 감탄한 시부터 이야기할까 해. 아무리 보잘 것 없는 것이나 보이지 않는 것이라도, 그것이 깊은 관심과 사랑에서 나오기만 한다면 울림이 깃든다는 걸 보여주는 시야.

예쁜 색 고운 색 다 모아놓은 곳
무지개엔 검은색은 없지.
나만 쏙 빼고 다 있지.
나만 빼고 흥!
나만 빼고 흥!

빨, 주, 노, 초, 파, 남, 보, 거기에
나도 좀 붙여줘 봐.

빨, 주, 노, 초, 파, 남, 보, 검
이상할 것 없잖아?
이상한가?

그리고 저기 봐
빨간색 구두와 주황색 햇빛, 노란색 단풍……

여기에도 없고
초록색 들판, 파란색 하늘, 보라색 가지……
검정은 또 없어.

없어.
없어.
한참을 시무룩하다

어라?
밤하늘은 검정이네?
검정이었어!
　─「검은색」전문

　프랑스의 유명한 화가 르누아르는 검정을 '색의 여왕'이라고
불렀던 거 아니? 그리고 또 세상에서 가장 사랑받는 화가 중의 한
사람인 빈센트 반 고흐는 시중에 나와 있는 검정보다 더 짙은 검
정을 구하고 싶어서 여러 색들을 섞어보기도 했단다.
　그런데 일반적으로 검정은 자주 부정적인 이미지로 쓰이고 예
쁜 것들 사이에는 끼지 못할 때가 많아. 놀랍게도 이 점이 어린 시
인의 눈에 물음표를 던졌던가 봐. 어린 시인은 검정의 아름다움을
알아보았던 거지. 왜 무지개에 검은색을 넣으면 안 될까 그려보기
도 하고, 자연의 멋진 풍경들 속에서 검은색이 차지할 곳은 없을

까 찾아보기도 하면서, 검정에 대해 궁리했던 거야. 없어, 없어. 실망할 무렵, 어린 시인은 드디어 발견했어. 우주 공간의 색. 매일같이 언제나 그 자리에 펼쳐지는 까만 밤하늘을 말이야. 밤하늘이 어둡고 깊을수록 별빛은 더욱 빛나 보인다는 사실을 생각해봐. 이보다 더 아름다운 검정은 없잖아.

아무리 고운 색이라도 모든 색채는 어둠 속에서 하나가 돼. 그 어둠은 두말 할 것도 없이 검은색이야. 알록달록한 빛깔이 아니어서 쉽게 눈길을 끌진 못하지만, 검정이야말로 모든 것을 품어내는 마법의 색이라는 생각이 들어. 이 이야기를 시인은 자신의 눈높이와 말로 쉽고 재밌게 풀어놓았어. 시인의 말투를 흉내내며 읽는 시어의 질감도 좋지만, 밤하늘의 검정을 발견하고선 시무룩했던 표정이 일순 얼마나 환해졌을지 상상하면, 이 시를 읽는 맛이 훨씬 더 좋아져.

시란 무언가 새로운 것을 내 눈으로 발견하는 순간이라는 걸, 어린 시인도 이 시를 쓰면서 알게 됐을 것 같아. 그런 순간에 우리는 혼자 알게 된 비밀에 가슴이 두근거리고, 세상에 한 발짝 다가간 듯한 기분이 되는 것도 경험했을 거야. 그리고 무엇보다 글로 잡아두지 않았다면 사라졌을 것을 애써 붙잡아놓은 일이 참으로 갸륵해 보여. 이와 비슷하게 친숙한 소재와 글감으로 천연덕스럽게 써낸 시를 한 편 더 읽어볼게.

아이의 장난일까?
시간의 작품일까?

이유는 몰라도
시소에게
상처가 있네.

넌 아이들의
무게를 알아.

하지만 마음의 무게는
잴 수 없나봐.

무거운 놈은
땅으로 떨어뜨리고
가벼운 놈은
하늘로 올려주네.

… 쳇.
―「시소」 전문

놀이터는 어린 시절을 보내는 가장 중요한 장소 중 하나야. 매일, 어느 날은 하루에도 몇 번씩 드나들며 몸과 마음을 푸는 곳이지. 엄마에게 잔소리 들으면 더 높이 그네를 타고, 친구랑 다투면 회전무대를 어지럽도록 뛰며 돌리잖아. 정글짐도 오르고 미끄럼도 타다가 시소로 엉덩방아를 몇 번 찧어야 겨우 집으로 돌아갈 채비를 하곤 하지. 그날도 아마 그랬겠지? 하지만 어린 시인에겐 다 풀지 못한 마음이 남았던 것 같아. 시소를 타다가 우연히 한 생각이 들었으니까. 세월이 오래되고 상처가 많은 시소도 모르는 게 있구나 싶었지. 아이들의 몸무게는 잘 알아서 무거운 놈은 땅으로 내려주고 가벼운 놈은 하늘로 올려주지만, 정작 진짜 무거운 것은 모르고 있다고 말이야. 바로 '마음의 무게'. 그것은 시소도 잴 수가 없다는 생각이 들었던 거야. 왜냐하면 그날 어린 시인의 마음은 시소라도 알아줬으면 싶을 만큼 무거웠기 때문이야. 인생 체험이라고 부를 만한 것을 겪지 않은 앳된 나이라고 무거운 마음이 없을 리는 없잖아. 그러니 첫덩어리 시소 위에 나를 턱 올려놓으면 땅이 꺼지도록 바닥을 쳐주었으면 싶었던 것 같아. '지금 네 마음이 왜 이렇게 무겁니, 무슨 일이 있니?' 하고.

모르긴 해도 위로받고 싶은 것이 있었을 테지. 말 안 해도 누군가 알아주었으면 싶은 그런 날도 있고. 엄마가 눈치 채주길 바라면서도 또 피하고 싶은 마음일 때도 있으니 말이야. 그 어수선한 마음의 상태를 시소를 끌어와서 선명하게 보여주는 시였어.

말하려 하면 할수록 도망쳐 가는 시들은 대개 꾸며낸 것일 때가 많아. 그런 시는 쓰는 사람도 읽는 사람도 불편할 뿐이지. 그런데 이 시는 어려운 말도 없고 잘난 척하려는 태도도 없이 돋보이는 시라는 생각이 들어. 사소한 것이라도 충분히 시가 되고 특별히 시어라고 부를 만한 것도 없이 가슴에 와 닿는 건, 결국 시를 쓴 사람의 진솔함 때문일 거야.

두 편의 시를 곰곰이 살펴보면서 나는 어린 시인의 곁에 앉아서 이야기를 들은 기분이었어. 그 사이 바깥에는 이제 눈이 그치고 새들이 둥지를 찾아 깃드는 저녁이 되었더구나. 원고의 마지막까지 다 읽은 뒤, 다시 짧은 시 한 편을 펼쳤어. 이게 바로 어린 시인의 기도일 거라는 생각이 들었거든.

난 어린 나무다.

어서 열매가 열리길 바라는 나무.

아직은 뿌리가 짧아서 흔들려도
도망치지 않는 나무.
— 「어린 나무」 부분

82

실은 이 시를 읽고는 좀 놀랐어. 나도 예전에 이 구절과 똑같은 생각을 정말 많이 했으니까. 어서어서 자라서 아름드리나무가 되었으면 좋겠다고. 누가 아무리 아픈 말을 해도 상처받지 않고, 누가 아무리 흔들어도 꿈쩍도 않는, 그렇게 크고 튼튼한 나무가 되면 좋겠다고 수없이 생각하곤 했어. 그래서 이 시에 담긴 마음이 얼마나 굳고 간절한지 대번에 알 수 있었어. 그리고 또한 믿을 수 있었어. 아직은 모양이 완전하지 않은 꿈이지만 언젠가 그 꿈을 완성해내리라고. 또 자신에게서 도망치지 않는 사람은 어른이 되고 나서도 몇 번이고 어둠과 고통을 피해 달아나는 일은 하지 않을 거라고.

무엇보다 나는 어린 시인이 스스로를 나무라고 생각한 것이 참 좋았어. 한 그루 나무는 무수한 열매를 맺고 그 안에는 또 무수한 씨앗을 품고 있잖아. 바람에 날려가든 새가 물어가든 그 씨앗들이 퍼져 여기저기에 또 뿌리를 내리고 나무가 될 거라는 상상은 얼마나 기운찬지. 꽉 찬 내일이 나뭇잎처럼 펄럭거리는 모습이 보이는 것 같았어.

하지만 어린 나무가 뿌리가 굵어져 큰 그늘을 가진 나무가 되는 동안, 햇살은 햇살대로, 바람은 바람대로, 온갖 것들의 손길이 필요하다는 것도 알아야 해. 같은 햇살도 때로는 반갑고 때로는 참기 힘든 갈증을 만들어주기도 하잖아. 햇살 뒤에는 폭풍우도 지나갈 테고 서릿발 치는 날도 있을 거야. 그럴 때, 「어린 나무」를

자주 생각하렴. 스스로 다짐하고 기도했던 마음을 되새긴다면 끝내 우뚝한 대목(大木)이 될 거야.

시를 쓰는 일이란 내 속에서 소외되었던 마음의 먼 곳을 다녀오는 거라고 생각해. 내 마음속을 혼자서 멀리 걸어보는 일 말이야. 낯선 감정의 소리가 들리는 곳일수록 내가 꼭 가야 하는 곳이고, 내가 잃어버린 것이 있는 곳일 거야. 그러니 아름다운 이야기만 쓰려 말고 기쁨이 아니라고 밀어내질 말길 바라. 오히려 슬프고 아픈 것들, 억눌려 우는 것을 붙잡고 이해하려는 용기가 우리에겐 정말 필요한 것이니까. 그림을 그릴 때, 그늘을 잘 그려야 빛이 더 선명해지듯이 시를 쓰는 것도 마찬가지라는 이야기를 꼭 해주고 싶어.

앞으로 어린 시인에게 올 시간들은 지금보다 더 가파르게 기울기도 할 것이고, 무언인가가 깊어지지만 무엇인가는 흘러넘치면서 균형을 잃기도 할 거야. 그런 사춘기의 시간이 빠르게 지나갈 거야. 무엇이 내 마음 속으로 들어올지 우리는 미리 정할 수 없으므로 흔들리고 힘든 거야. 그렇지만 그때에도 언제나 따로 꽂아두었던 시와 글을 읽고 또 읽어서 마음으로부터 이해하고 어린 시인만의 시가 차곡차곡 쌓여가길 바라. 그야말로 무성한 시의 나무가 되길.

아직 보이지 않을 때조차 봄이라고 부를 수 있는 기운이 있는 것처럼 이미 미래의 시인인 어린 시인에게 첫 번째 박수를 보낼 기회가 내게 주어진 것을 기쁘게 생각해. 어설픈 편지지만 작은 디딤돌이라도 된다면 나에게도 큰 의미가 될 것 같아. 그리고 언제든 어린 시인의 이름을 다시 듣게 되는 날이 오길 기대할게. **(끝)**

서의겸 시집

꿈을 꾸어야 별이다

1판 1쇄 발행	2022년 3월 30일
지은이	서의겸
발행인	윤미소
발행처	(주)달아실출판사
책임편집	박제영
디자인	전형근
마케팅	배상휘
법률자문	김용진
주소	강원도 춘천시 춘천로 257, 2층
전화	033-241-7661
팩스	033-241-7662
이메일	dalasilmoongo@naver.com
출판등록	2016년 12월 30일 제494호

ⓒ 서의겸, 2022
ISBN 979-11-91668-37-7 03810